D1193585

Catalogage avant publication de Bibliothèque et Archives nationales du Québec et Bibliothèque et Archives Canada

Bergeron, Alain M., 1957-

La coupe du hocquet glacé

(Le chat-ô en folie ; 9)
Pour enfants de 6 ans et plus.

ISBN 978-2-89591-101-2

I. Fil, 1974- . II. Julie, 1975- . III. Titre. IV. Collection : Chat-ô en folie ; 9.

PS8553.E674C68 2010 jC843'.54 C2010-940670-2
PS9553.E674C68 2010

Correction et révision : Annie Pronovost

Dépôts légaux : 4e trimestre 2010
Bibliothèque et Archives nationales du Québec
Bibliothèque et Archives Canada
ISBN : 978-2-89591-101-2

4339, rue des Bécassines
Québec (Québec) G1G 1V5
CANADA
Téléphone : 418 628-4029
Sans frais depuis l'Amérique du Nord : 1 877 628-4029
Télécopie : 418 628-4801
info@foulire.com

Les éditions FouLire reconnaissent l'aide financière du gouvernement du Canada par l'entremise du Fonds du livre du Canada pour leurs activités d'édition.

Elles remercient la Société de développement des entreprises culturelles du Québec (SODEC) pour son aide à l'édition et à la promotion.

Elles remercient également le Conseil des Arts du Canada de l'aide accordée à son programme de publication.

Gouvernement du Québec – Programme de crédit d'impôt pour l'édition de livres – gestion SODEC.

Imprimé avec des encres végétales sur du papier dépourvu d'acide et de chlore et contenant 10 % de matières recyclées post-consommation.

Sources mixtes
Groupe de produits issu de forêts bien gérées, de sources contrôlées et de bo[is] ou fibres recyclés
www.fsc.org Cert no. SGS-COC-003885
© 1996 Forest Stewardship Council

IMPRIMÉ AU CANADA/PRINTED IN CANADA

La coupe
du hocquet glacé

Miniroman de Alain M. Bergeron – Fil et Julie

LE CHAT-Ô EN FOLIE

Hic!... Hic!... Hic! Il y a un hic! J'ai le hoquet! Hic!... Hic!... Hic! C'est énervant!

Tant pis! Je vais quand même assister à la joute de hocquet glacé[1], malgré mon hoquet. OK? Hic!... Hic!... Hic!

Bon match, mesdames et messieurs!

Moi, Coquin, le chat du château, je lance... et conte!

---

1. Le hocquet glacé est l'ancêtre du hockey sur glace.

Avant-match

Gadoua, l'ennemi de Pépé, aime jouer des tours. Des tours méchants. Tôt, ce matin, il entre sur la pointe des pieds dans la chambre du petit chevalier.

Il transporte un seau d'eau glacée. Il a l'intention d'arroser Pépé.

Gadoua est maintenant penché au-dessus du lit. Il entend un ronflement. Il se retient de rire. Il a hâte de voir la réaction de sa victime lorsqu'elle se réveillera en sursaut.

Excité, Gadoua passe à l'action. Il verse l'eau... Un hurlement suit, au grand plaisir du mauvais farceur.

Pépé surgit derrière lui. Surpris, Gadoua lui demande :

– Si tu n'es pas dans ton lit, qui dormait à ta place ?

Une voix d'adulte gronde comme le tonnerre :

– Moi, messire Gadoua !

Le garçon constate son erreur. Il est horrifié.

– Maître Bourbon !

Gadoua a «réveillé» le directeur de l'école des apprentis chevaliers. Pépé file à la salle de bains pour lui chercher une serviette et un séchoir à cheveux.

Maître Bourbon est furieux. Il déclare à Gadoua qu'il en a assez de ses tours. Les autres élèves aussi. Plusieurs se sont plaints. Une rumeur courait au château: Pépé serait la prochaine cible. Le directeur a voulu prendre le petit comique sur le fait.

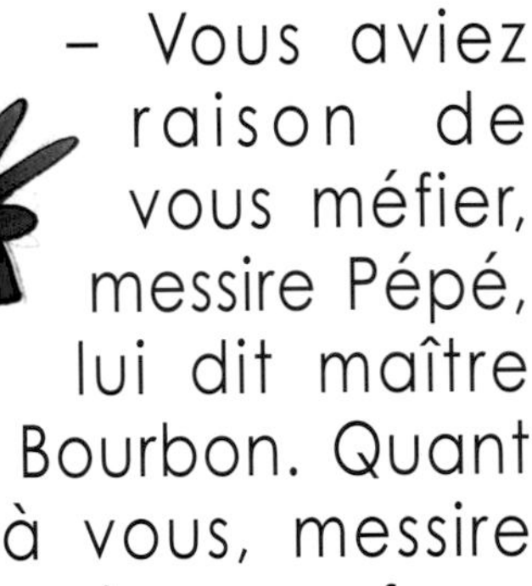

– Vous aviez raison de vous méfier, messire Pépé, lui dit maître Bourbon. Quant à vous, messire Gadoua, demain, vous ferez seul le nettoyage de l'écurie royale.

Gadoua bougonne.

Maître Bourbon le fait taire aussitôt.

– Pour l'instant, allez rejoindre vos camarades à l'étang gelé. Considérez-vous chanceux que cet incident se soit déroulé aujourd'hui...

En effet, Gadoua est chanceux. Aujourd'hui est un grand jour dans la Vallée du temps fou, fou, fou. À l'étang gelé, une bande a été érigée autour de la patinoire. Des gradins ont été installés. Ils sont déjà pleins de spectateurs. Pourquoi ? On jouera la finale annuelle pour la coupe du hocquet glacé.

L'école des apprentis chevaliers du Royaume d'En-Bas affronte celle du Royaume d'En-Haut. Les gagnants pourront conserver la coupe pendant une année. Les perdants devront nettoyer les latrines du château vainqueur. Or, Gadoua est l'un des meilleurs joueurs de l'équipe d'En-Bas, dirigée par maître Bourbon.

Quelques minutes avant le début du match, maître Bourbon réunit sa troupe.

– Messires, l'heure est grave. L'honneur de notre école est en jeu...

Première période

Même s'il fait froid, l'excitation est à son comble à l'étang gelé. Les partisans des deux équipes ont hâte que la partie de hocquet commence.

Pépé revêt le chandail avec le numéro 9 ¾, aux couleurs jaune et rouge. Il est très habile pour manier la rondelle avec son bâton de hocquet. Son problème, c'est qu'il ne parvient pas à demeurer en équilibre sur la glace.

Pour le moment, il est assis au bout du banc, le coin des réservistes. Il jette un coup d'œil à la foule. Les mille nains sont venus de leur forêt pour appuyer leur ami. Ils ont eu droit à une entrée à demi-prix. Et ils l'encouragent :

– Pépé ! Pépé ! Pépé !

Le petit chevalier est gêné de cette attention. Il répond par un bref salut de la main.

Gadoua, le capitaine d'En-Bas, regroupe ses coéquipiers. Il exécute un curieux rituel. Il mord dans la rondelle dure.

– C'est pour attirer la chance…

Gadoua incite les joueurs de son club à l'imiter. Pépé refuse. Son capitaine le réprimande.

– Si tu ne le fais pas, c'est que tu n'es pas un joueur d'équipe.

Pépé grimace tandis que les autres s'exécutent à belles dents.

– Non! Je ne veux pas mordre dans une pomme de cheval.

Un des joueurs arrête son geste.

– Les chevaux ne produisent pas de pommes, mais du crottin.

Pépé lui sourit. Il sait avec quoi sont faites les rondelles... Les joueurs sont dégoûtés. Ils se fâchent contre Gadoua.

– Tu nous obliges à croquer dans du crottin de cheval gelé. Quelle mauvaise blague !

Gadoua frémit de colère contre Pépé. Maître Bourbon s'interpose et envoie un premier trio sur la patinoire.

Le match débute. Les joueurs courent, font du surplace, glissent, tombent. Leurs bottes ne sont pas l'idéal pour se déplacer sur la glace.

Seul Gadoua se débrouille bien. Tous ignorent qu'il a posé des crampons à ses semelles. Ses chaussures tiennent mieux que les autres sur la patinoire. Il a un net avantage sur tout le monde.

Résultat ? Il compte deux buts à ses deux premières présences. Quand il rentre au banc, il dit à Pépé :

– Toujours dans le petit coin ?

Soudain, un hocqueteur* est blessé à la suite d'une mise en échec. Il faut le remplacer.

Maître Bourbon fait un signe à Pépé.

– À toi !

Monsieur Micrault annonce à la foule :

– Après 20 minutes de jeu, le compte est de 2 à 0 pour le Royaume d'En-Bas !

---

* Joueur de hocquet

Deuxième période

Pauvre Pépé. Il peut enfin jouer au hocquet, mais il y a un problème. Il est incapable de suivre les joueurs sur la glace. On dirait un escargot dans une course de lapins.

Ses adversaires d'En-Haut profitent de sa lenteur pour inscrire deux buts.

– Le pointage est égal : 2 à 2 ! annonce monsieur Micrault.

Pépé est épuisé. Il n'a pas touché une seule fois la rondelle avec son bâton de hocquet. Il court sans arriver à avancer. Gadoua se moque de lui.

– Tu es moins rapide qu'un pont-levis !

Maître Bourbon demande une minute d'arrêt à l'arbitre. Il parle à ses protégés.

– Messires, j'insiste sur l'importance de ce match !

– Ouais, maugrée Gadoua. Il n'y a que moi qui s'en soucie...

L'arbitre siffle et appelle la mise au jeu.

Pépé retrouve sa position à l'attaque. Malheureusement, la situation ne s'améliore pas pour lui. C'est pire. Gadoua l'humilie en envoyant la rondelle devant

lui dès qu'il le peut. Pépé a beau étirer les bras, il ne s'en approche pas. Il est terriblement gêné.

Un apprenti chevalier au chandail vert et bleu saute sur le disque libre. Il court vers le gardien et compte un troisième but.

La foule s'anime.

Les spectateurs frappent des mains.

CLAP ! CLAP ! CLAP ! CLAP !

Quelques-uns claquent des dents.

CLAC ! CLAC ! CLAC ! CLAC !

Certains, plus rares, font les deux en même temps.

CLAP ! CLAC ! CLAP ! CLAC !

Avant la fin de la deuxième période, le Royaume d'En-Haut réussit un quatrième filet.

Monsieur Micrault annonce au public:

– Après 40 minutes de jeu, le pointage est de 4 à 2 pour le Royaume d'En-Haut.

Sur le banc, les coéquipiers de Pépé lui font la vie dure. Gadoua, dépité, résume leur état d'esprit.

– Tu es la honte de notre école.

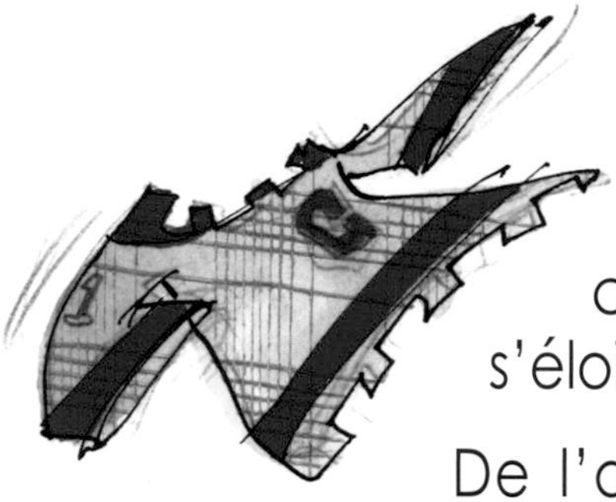

Il enlève son chandail de capitaine et s'éloigne.

De l'autre côté, les joueurs d'En-Haut défient ceux d'En-Bas. Ils agitent des brosses à récurer.

Le petit chevalier cherche réconfort auprès de son ami, l'âne magique. L'animal ânonne.

– Hi-han ! Hi-han !

Pépé est le seul à pouvoir comprendre ce qu'il dit :

– Fouille dans mon sac. J'ai quelque chose pour toi.

Pépé pense qu'il s'agit de papiers-mouchoirs pour pleurer. Il en sort plutôt une paire de bottines. Deux lames en acier ont été fixées sous chaque semelle. Le garçon hésite.

– Une lame double pour me raser? Je n'ai pas de poil au menton.

L'âne s'amuse de la remarque.

– Moi, j'appelle ça des patins.

Troisième période

La patinoire de l'étang gelé brille comme un miroir. Messire de la Zamboni vient de l'arroser pour la dernière période. Le Royaume d'En-Bas tire de l'arrière par deux buts.

Pépé a profité de cette pause pour aller essayer le cadeau de l'âne sur une glace voisine. Il se rappelle les instructions de l'âne : «Tes patins sont magiques. Ils te mèneront là où tu désires aller». Et c'est vrai ! Ça fonctionne !

Le petit chevalier est prêt à retourner au jeu. Une mauvaise surprise l'attend. Il fait face à un nouvel adversaire : Gadoua ! Il a changé d'équipe, le traître ! Il porte maintenant un chandail vert et bleu. Il agite son bâton de hocquet près du nez de Pépé.

– Je ne veux pas laver des latrines !

Pépé ne cache pas son mépris.

– Quand le bateau coule, les rats sont les premiers à quitter le navire.

Les patins aux pieds, il prend l'affaire en main.

L'arbitre laisse tomber la rondelle. Immédiatement, le petit chevalier s'en empare. Gadoua n'a pas réagi. Une statue! Pépé file comme une flèche jusqu'en zone ennemie. Il passe en coup de vent entre les deux défenseurs. Il lance... et compte!

– C'est le buuuuuut ! hurle le commentateur, René le Chevalier, à ses auditeurs à la radio.

Le match est retransmis en direct dans la Vallée du temps fou, fou, fou.

À la reprise du jeu, Gadoua n'est pas impressionné. Il dit à Pépé :

– Tu as été chanceux, trois quarts de portion.

Il a trop parlé. Le numéro 9 ¾ lui glisse la rondelle entre les pieds et fonce vers le filet. Pépé déjoue le gardien après une belle feinte à sa gauche.

La marque est maintenant à égalité, 4 à 4.

Gadoua retrouve Pépé au centre de la patinoire. Il est agacé par les performances du petit chevalier.

– Tu as été *très* chanceux.

Cette fois-ci, Gadoua est prêt. La rondelle est en jeu. Il agrippe

le chandail de Pépé et le retient. L'arbitre regarde ailleurs. Il n'a rien vu...

Pépé parvient à se dégager. L'arbitre siffle. Gadoua est étendu sur la glace, immobile. Les ambulanciers se hâtent pour évaluer l'état du blessé. Il se plaint.

– Pépé m'a donné un coup de hocquet sur la tête !

– Menteur ! réplique Pépé. Je ne t'ai pas touché.

Gadoua s'assoit. Il demeure ainsi de longues secondes. Selon les règlements, le temps continue de s'écouler. Il ne reste plus qu'une minute à jouer. Finalement, Gadoua se relève. Le match peut reprendre.

L'arbitre se dresse devant Pépé. Il l'avertit de ne pas recommencer.

– Je n'ai rien fait!

En pleine discussion, l'arbitre échappe la rondelle derrière lui. Habile, Gadoua la récupère. Il contourne les défenseurs. Le gardien perd l'équilibre. Le filet est ouvert. Gadoua n'a plus qu'à inscrire le but gagnant.

Il deviendra le héros de l'équipe d'En-Haut. Il se réjouira de voir Pépé laver les latrines du château.

Mais… où est la rondelle ?

Incroyable ! À la dernière seconde, Pépé a réussi à soulever le bâton de Gadoua. Il s'est emparé de la rondelle. À vive allure, il se dirige vers la zone adverse.

« Il n'aura pas le temps de compter un but », se rassure Gadoua.

Le tableau indicateur n'affiche plus que cinq secondes.

Quatre… trois… deux… une…

Une immense clameur ébranle les tribunes.

Les joueurs d'En-Bas quittent le banc. Ils se précipitent vers celui qui vient de compter le but vainqueur : Pépé !

L'école du Royaume d'En-Bas l'emporte 5 à 4.

Le petit chevalier a marqué son troisième filet du match. Les spectateurs jettent leurs chapeaux sur la glace pour souligner ce tour… du chapeau.

Corduroy, le roi, manifeste sa joie. Il lance sa couronne. Il roule de plaisir sur lui-même. Puis, il commande une tournée de barbotines à la cerise pour les partisans.

Dans les gradins, les mille nains font la vague et crient. On n'entend même plus les huées des amateurs de l'école d'En-Haut.

Les champions se regroupent au centre de la patinoire. Lord Maurice-le-Richard leur remet la coupe du hocquet glacé. On prend une photo pour le journal.

Un nouveau joueur se joint aux célébrations : Gadoua ! Il a remis son gilet rouge et jaune de capitaine d'En-Bas. Il se justifie :

– J'ai compté deux buts pour *mon* club.

Sa présence ne passe pas inaperçue. Pépé lui adresse un regard de reproche.

– Le bateau ne coule plus... les rats reviennent à bord.

L'entraîneur, maître Bourbon, accueille Gadoua avec froideur. Il s'approche de lui et arrache le C cousu sur son chandail. Ensuite, il le colle, côté cœur, sur celui de Pépé.

– Dorénavant, vous êtes notre capitaine, messire Pépé.

Gadoua veut rouspéter. Maître Bourbon l'arrête.

– Au fait, messire Gadoua, je vous rappelle que vous lavez les écuries, demain matin...

Le message a l'effet d'une douche... glacée sur Gadoua.

Le groupe rentre au château. Maître Bourbon a pris un patin de Pépé.

Il regarde l'objet avec beaucoup d'attention.

– Technologie intéressante, évalue-t-il. Je suis curieux de connaître l'ingénieur qui a inventé ça...

Pépé sourit et caresse la croupe de l'âne magique.

«Hi-han!» répond l'animal.

J'ai eu peur que l'équipe de Pépé perde le match de hocquet glacé. Tellement que je n'ai plus le hoquet !

Avec ses trois buts, le petit chevalier a réussi le tour du château.

Non, le tour du chat-peau ! Bon, d'accord : le tour du chapeau ! Chapeau, Pépé !

Chat-lut !

Alain est un auteur très coquin, tout comme les illustrateurs Fil et Julie. Comme tu as pu le constater, ils ont mis dans le roman des mots et des objets inconnus à l'époque des châteaux.

Pour les retrouver tous, viens t'amuser sur mon site Web en cliquant sur le jeu «Mots modernes». Il y a aussi plein d'autres activités rigolotes.

Chat-lut!

www.chatoenfolie.ca

LE CHÂT-Ô EN FOLIE

Miniromans de
Alain M. Bergeron – Fil et Julie